The Three Sunflowers/Los Tres Girasoles is dedicated to Our Lady of Guadalupe,
Divine Mother and Queen of the Americas, who brings comfort, assurance and hope
to the people of Mexico and all over the world.
Our Lady of Guadalupe is the inspiration for the character, Gloria,
in the pages that follow.

✿

The Three Sunflowers/Los Tres Girasoles *está dedicado a Nuestra Señora de Guadalupe,
madre divina y Reina de las Américas, que brinda bienestar, seguridad y esperanza
a la gente de México y del mundo.
Nuestra Señora de Guadalupe es la inspiración para el personaje, Gloria,
en las páginas siguientes.*

SEVEN SEAS
PRESS

Library of Congress Cataloging-in-Publication data available
ISBN 978-1-940-65493-5

The Three Sunflowers

Los Tres Girasoles

by-*por*

Janet Lucy

illustrated by-*ilustrado por*

Colleen McCarthy-Evans

translated by-*traducido por*

**Arturo Flores &
Eva Hernandez Herrero**

Dawn awoke early one morning, coloring the summer sky
in fresh new shades of pink, orange and lavender.

El amanecer despertó temprano una mañana, coloreando el cielo de verano
en nuevos y frescos tonos de rosa, anaranjado y lavanda.

As the sun rose over the low hill beyond the back fence,
the garden came alive with the happy hum of bees and butterflies
and the joyful trills of a red robin, brown sparrows and golden finches.

❀

Mientras el sol ascendía sobre el cerrito situado tras la cerca,
el jardín se llenaba de vida con el alegre zumbido de abejas y mariposas,
y los festivos trinos de un zorzal petirrojo, los pardos gorriones y los jilgueros dorados.

Gloria, a tall and regal sunflower,
had sprung up earlier in the season near the old pepper tree,
where bird feeders hung from a crooked branch.

Gloria, una alta y majestuosa girasol,
había brotado al inicio de la estación junto al viejo árbol de pirul,
donde los comederos de pájaros colgaban de una rama retorcida.

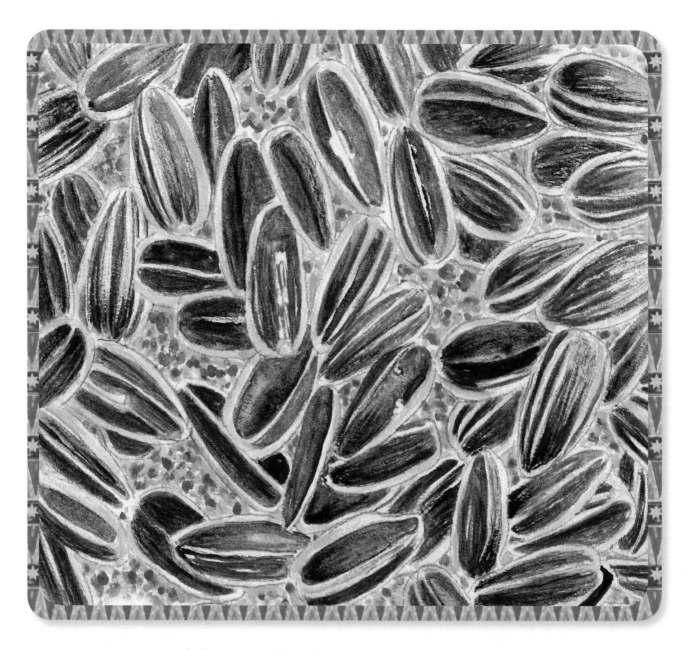

It wasn't long ago that she was a black and white seed
nestled in one of the feeders destined to be food.

❋

*No hacía mucho, ella era una blanca y negra semilla
acurrucada dentro de uno de los comederos destinada a ser alimento.*

The messy diners at the feeders, who frequented the garden all spring,
had scattered some of the seeds onto the ground
where they became planted in the soil.

*Los alborotados convidados a los comederos, que frecuentaban el jardín durante
la primavera, habían esparcido algunas semillas en la tierra
donde éstas echaron raíz.*

Now Gloria stood taller than ever,
welcoming Florecita and Solecito, the newest arrivals in the garden.

Gloria admired their fresh yellow petals, smooth as silk,
surrounding their faces like halos.
She delighted in their soft fuzzy centers, each as distinct as a thumbprint.

Florecita was just a head above Solecito, who longed to catch up with her.

The garden was peaceful for the first few hours of the day
while the little trio of sunflowers absorbed rich nutrients from the soil.

*Ahora Gloria estaba más alta que nunca,
dándoles la bienvenida a Florecita y Solecito, los recién llegados al jardín.*

*Gloria admiraba sus tiernos pétalos amarillos, suaves como la seda,
rodeando sus caras como halos.*

*Se deleitaba con sus centros suaves y rizados, cada uno tan particular
como una huella del pulgar.*

Florecita le sacaba apenas una cabeza a Solecito, quien anhelaba con alcanzarla.

*El jardín estaba tan tranquilo durante esas primeras horas del día,
mientras el pequeño trío de girasoles absorbía los ricos
nutrientes de la tierra.*

Over at the honeysuckle bush an iridescent green hummingbird
flitted from flower to flower, sipping sweet nectar through its bill.

*Junto a la madreselva, un verde iridiscente colibrí
revoloteaba de flor en flor, sorbiendo el dulce néctar con su pico.*

Nearby, the visiting goldfinches and house finches
chirped merrily as they pecked at the feeders.

*Muy cerca, los visitantes jilgueros y los pinzones mexicanos
gorjeaban alegremente mientras se asomaban a los comederos.*

Suddenly, a Cooper's Hawk, its eyes blazing like hot coals,
shattered the tranquility of the garden.

It shrieked as it swooped down on the feeders,
scattering the smaller birds in all directions.

"Oh no!" Florecita cried out.

"Stop, stop, go away!" Solecito shouted.

The little birds flew off, wings aflutter,
while their tiny hearts pounded in their feathered chests.

*De pronto, un gavilán de Cooper, sus ojos centelleando como brasas ardientes,
rompió la tranquilidad del jardín.*

*Chillaba mientras bajaba en picada hacia los comederos,
dispersando a los pájaros más pequeños en todas direcciones.*

"¡Oh no!" exclamaba Florecita.

"¡Detente, detente, vete!" gritaba Solecito.

*Los pajarillos se marcharon volando, sus alas inquietas
y sus minúsculos corazones palpitando con fuerza en sus pechos emplumados.*

"There are times in our lives when there is nothing
we can do to prevent the chaos that surrounds us,"
Gloria gently explained to the young sunflowers.

"Then how can we help?" Florecita demanded to know.

"We are sunflowers, golden and radiant,"
Gloria reminded them.
"Our job is to be loving and peaceful wherever we stand."

The two young stalks shook beside her,
frightened by the scene they had witnessed.

*"Hay instances en la vida en los que no podemos
hacer nada para prevenir el caos que nos rodea,"
les explicaba amablemente Gloria a los jóvenes girasoles.*

"Entonces, ¿cómo podemos ayudar?" quiso saber Florecita.

*"Somos girasoles, dorados y radiantes,"
les recordó Gloria.
"Nuestro trabajo es transmitir paz y amor allí donde estemos."*

*Los jóvenes tallos temblaban a su lado,
asustados por la escena que acababan de presenciar.*

"Find a still point within you," Gloria guided them.
"Breathe all the way down into your roots."

"Is it gone?" Florecita finally asked, as her shaken stalk grew still.

"It's gone for now," Gloria assured her,
"and now is a perfect moment."

"Busquen un punto estable en su interior," les aconsejó Gloria.
"Respiren profundamente hasta sus raíces."

"¿Se ha ido ya?" se decidió a preguntar Florecita, mientras
su sobresaltado tallo llegaba a ganar la calma.

"Se ha ido por ahora," le aseguró Gloria,
"y ahora es un momento perfecto."

The garden was once again a peaceful place,
and harmony sang on a gentle breeze.

El jardín volvía a ser un lugar lleno de paz
y la armonía cantaba en la suave brisa.

"Gloria," Solecito spoke up, "How do you know things?"

"I am taller than you, young one," she replied.
"I can see the world from a higher perspective."

"Will I grow taller and get bigger and stronger?" He wanted to know.

"Yes, you will find more strength," Gloria beamed at Solecito.
"You'll reach new heights and gain new perspective, too."

Gloria felt the youngster's tender leaves brush against hers.

"Gloria," dijo Solecito, "¿Cómo sabes tantas cosas?"

"Soy más alta que tú, jovencito," respondió Gloria.
"Puedo ver el mundo desde una perspectiva más elevada."

"¿Seré más alto, más grande y más fuerte?" Él quería saber.

"Sí, encontrarás más fuerza," Gloria le sonreía a Solecito.
"Llegarás a ser más alto, y además, adquirirás nuevas perspectivas."

Gloria sintió las tiernas hojas del joven rozando las suyas.

Throughout the midday
the garden was happy and peaceful,
and the three sunflowers
beamed at the beauty
all around them.

*Durante el mediodía
el jardín estaba alegre y tranquilo,
y los tres girasoles
sonreían ante la belleza
que les rodeaba.*

"Brrrrr," Florecita shivered, as a gust of wind ruffled her soft silky petals.

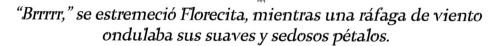

"Brrrrr," se estremeció Florecita, mientras una ráfaga de viento ondulaba sus suaves y sedosos pétalos.

The wind began to howl through the branches of the pepper tree,
whipping and snapping at the feathery leaves and tiny red berries.
Steely wool thunderclouds were rolling in, casting a dark shadow over the garden.
Most of the inhabitants took refuge in their hideouts.
The three sunflowers remained where they stood.

El viento comenzó a ulular entre las ramas del árbol de pirul,
agitando y golpeando las plumosas hojas y las pequeñas bayas rojas.
Unas enormes nubes plomizas se acercaban, tendiendo una oscura sombra sobre el jardín.
Casi todos los habitantes se refugiaron en sus escondites.
Los tres girasoles permanecieron donde estaban.

21

The biggest cloud opened up with a roar and rain poured down in giant buckets.
The sunflowers were tossed from side to side,
crashing into each others' faces and stalks.

❁

La nube mayor se rasgó con un rugido y comenzó a llover a cántaros.
Los girasoles se veían aventados de un lado a otro,
chocando con los rostros y tallos de sus compañeros.

"Gloria!" Solecito cried. "What's happening?"

"It's a late summer thunderstorm," Gloria explained. "They can be a bit rough."

Water was quickly filling up the basin around them,
pooling into a puddle at the foot of their stalks.
Mud was softening around their roots, and Gloria was beginning to tilt.

"You're slipping!" Florecita cried. "You're going to fall over!"

"My roots are deep," Gloria assured her.
"Feel your own roots beneath you and reach down into the earth,"
she instructed Florecita.
"Find the strength inside you, given to you by the sun."

"¡Gloria!" gritó Solecito. "¿Qué ocurre?"

"Es una tormenta de verano tardía," le explicó Gloria. "Pueden ser bastante fuertes."

El agua llenaba rápidamente la cuenca en la que se encontraban,
encharcando el suelo en la base de sus tallos.
El barro se ablandaba en torno a sus raíces y Gloria comenzaba a ladearse.

"¡Te estás resbalando!" le advirtió Florecita. "¡Te vas a caer!"

"Mis raíces son profundas," la tranquilizó Gloria.
"Siente tus raíces, abajo, y penetra con ellas en la tierra," le explicó a Florecita.
"Encuentra en tu interior la fuerza que te da el sol."

23

Solecito shook and shuddered but was determined to be brave.

Just then, spidery veins of lightning shattered the sky
and thunder boomed its response.

"The sky is cracking!" Solecito shouted, bowing his head to protect his face.

Solecito temblaba y sentía escalofríos, pero estaba decidido a ser valiente.

*En ese preciso instante, el cielo se iluminó de relámpagos estallando
en un trueno por respuesta.*

"¡El cielo se rompe!" exclamó Solecito, inclinando la cabeza para proteger su cara.

"You're doing the right thing, Solecito," Gloria praised him.
"Fold your leaves and hold your body like a prayer."

"Lo estás haciendo muy bien, Solecito," lo elogió Gloria.
"Pliega tus hojas y recoge tu cuerpo como en una oración."

"We are loved and protected by the Great Sun who created us,
even when we cannot see the light through the darkness," she reminded them.

The young sunflowers held on by their roots,
afraid they might collapse at any moment.

"If we fall to the ground our seeds will tumble into the earth,
and we'll begin life again. Our cycle is endless,"
Gloria reassured them between claps of thunder.
"And this storm will eventually pass."

Gloria reached for their slender stalks and pulled them close.

*"El Gran Sol que nos creó nos quiere y nos protege, incluso cuando
no podemos ver su luz en la oscuridad," les recordó.*

*Los jóvenes girasoles se sujetaron con sus raíces,
temiendo desplomarse en cualquier momento.*

*"Si caemos al suelo, nuestras semillas llegarán a la tierra
y la vida comenzará de nuevo. Nuestro ciclo nunca acaba,"
les aseguró Gloria, entre el restallido de los truenos.
"Finalmente, esta tormenta acabará por pasar."*

Gloria alcanzó sus finos tallos y los acercó hacia ella.

The three sunflowers huddled together,
like one big yellow umbrella swaying in the wind.

*Los tres girasoles se acurrucaron,
como un gran paraguas amarillo meciéndose en el viento.*

The dark afternoon turned to nighttime,
and the storm drummed on, veiling the heavenly sky.

The moon watched faithfully over the sunflowers from behind her veil.

La oscura tarde se convirtió en noche,
y la tormenta retumbó, cubriendo de bruma el divino cielo.

La luna vigilaba fielmente a los girasoles tras su velo.

Dawn came early again the next morning to survey the storm's damage.

The garden was still soggy,
and silence hung in the air like a misty blanket.

Beneath the pepper tree life began to stir.

The red-breasted robin pecked at the ground
and the little brown sparrow sang a greeting to the sky.

"That tickles," a little voice giggled.

*El amanecer regresó temprano la mañana siguiente
para evaluar los daños de la tormenta.*

*El jardín estaba aún empapado
y el silencio flotaba en el aire como una frazada de niebla.*

Bajo el árbol de pirul la vida comenzaba a agitarse.

*El zorzal petirrojo picoteaba el suelo
y el pequeño gorrión pardo entonaba un saludo al cielo.*

"Eso hace cosquillas," dijo entre risas una vocecita.

"There's a butterfly on my face!" Solecito laughed.

"Shhhh," Florecita whispered.
"We're giving thanks to the sun."

Gloria smiled.

And the three sunflowers stood still,
their faces turned upright,
grateful for another day in the garden.

"¡Hay una mariposa en mi cara!" Solecito se reía.

"Shhhh," susurró Florecita.
"Estamos dando gracias al sol."

Gloria sonrió.

Y los tres girasoles permanecieron quietos,
con sus rostros levantados,
agradecidos por otro día más en el jardín.

Inspiration: Our Lady de Guadalupe/Tonantzin

Dawn glistened on the frosty ground the morning of December 9, 1531, as Juan Diego, a humble indigenous peasant was heading toward Tepeyac hill in Mexico. Suddenly, he heard the sweetest sound, like the singing of heavenly birds. As he looked up, the celestial chant ceased and in its place he heard a voice calling him from the hill, "Little Juan, Little Juan Diego." There, a luminous dark-skinned lady appeared, dressed in a regal red dress, a blue star-covered cloak, surrounded by bright yellow light, like the petals on a sunflower. Speaking to him in his native Náhuatl (the Aztec language), She told him Her name was *Coatlaxopeuh* - Our Lady of Guadalupe. She requested that he go to the archbishop's palace in nearby Mexico City and ask the bishop to build Her a sacred little house, a church to serve as a place of worship exactly where the former temple of the Aztec earth mother goddess, Tonanztin, had stood. Here She would be a source of love, compassion, and comfort to all the inhabitants of the land, Spanish and indigenous, who would recognize their faith in Her mestizo features.

When Juan presented Her request to bishop Zumárraga, he was instructed to return to Tepeyac hill, and ask The Lady for a miraculous sign as proof of Her existence. The Lady told Juan to go and gather flowers from the top of the hill, which was normally barren in December. When Juan climbed the hill, he was amazed to find so many flowers blooming there, especially the Castile roses, which grew only in Spain, and long before the season when they would bloom. He cut the fragrant flowers and carried them to The Lady who arranged them inside his tilma, a cactus fiber cloak. Juan carried them safely back to the bishop on December 12, and when he opened his cloak to present them, the flowers fell to the floor. On the fabric was the image of Our Lady of Guadalupe.

The bishop then knew in his heart that this was the sign he had been waiting for. He journeyed to Tepeyac to see exactly where the Lady had appeared, and it was there that the church was built. This site is the current location of the Basilica of Our Lady of Guadalupe in Mexico City, and where the original tilma with Her image imprinted inside is on display.

Today, Our Lady of Guadalupe is a powerful symbol and a source of guidance and protection for people everywhere. Her influence has spread around the world, where She is honored in churches, shrines, museums, and in all forms of art. Our Lady of Guadalupe is the inspiration for Gloria, radiant sunflower and divine mother of light, who sprang up from the earth, spreading seeds of compassion, peace and unconditional love.

Source: Nican Mopohua, 16th century Náhuatl document, found in *Guadalupe: Body and Soul* by Marie-Pierre Colle.

Author's note:
As a devoted follower of Our Lady of Guadalupe, I offer deep gratitude to Her for the inspiration for this book.

Inspiración: Nuestra Señora de Guadalupe/Tonantzin

El amanecer resplandecía en la tierra escarchada la mañana del 9 de diciembre de 1531, mientras Juan Diego, un humilde campesino indígena, se dirigía hacia el Cerro del Tepeyac en México. De repente, oyó el sonido más dulce, como el canto de pájaros celestiales. Miró hacia arriba, cesó el canto celestial y en su lugar, oyó una voz que le llamaba desde la colina, "Pequeño Juan, pequeño Juan Diego." Allí, una señora de piel morena luminosa apareció, engalanada con un vestido real rojo, un manto azul cubierto de estrellas, rodeado de luz color amarillo brillante, como los pétalos de un girasol. Hablando con él en su nativa Náhuatl (lengua azteca), Ella se identificó con él como Coatlaxopeuh-Nuestra Señora de Guadalupe. Ella le pidió que fuera al palacio del arzobispo en la cercana ciudad de México y le pidiera al obispo que le construyera Su pequeña casa sagrada, una iglesia para servir como un lugar de veneración, exactamente donde había estado el antiguo templo de la diosa madre tierra Azteca Tonanztin. Aquí Ella sería una fuente de amor, compasión y consuelo a todos los habitantes de la Tierra, españoles e indígenas que reconocieran su fe en Sus rasgos mestizos.

Cuando Juan presentó Su petición al obispo Zumárraga, se le ordenó volver al cerro del Tepeyac, y pedirle a La Señora una señal milagrosa como prueba de su existencia. La Señora le dijo a Juan fuera a recoger flores de la parte superior del cerro, que era normalmente infértil en diciembre. Cuando Juan subió la colina, él se sorprendió al encontrar tantas flores floreciendo, especialmente las rosas de castilla, que se daban sólo en España y mucho antes de la temporada cuando florecerían. Cortó las fragantes flores y se las llevó a La Señora quien las acomodó dentro de su tilma, un manto de fibra de cactus. Juan, cuidadosamente, se las llevó al obispo el 12 de diciembre, y cuando él abrió su manto para presentarlas, las flores cayeron al suelo. En la tela aparecía la imagen de nuestra Señora de Guadalupe.

El obispo entonces sabía en su corazón que ésta era la señal que había estado esperando. Él emprendió marcha hacia el Tepeyac para ver exactamente donde la señora había aparecido, y fue allí que la iglesia fue construida. Este sitio es la locación actual de la Basílica de Nuestra Señora de Guadalupe en la ciudad de México, y en exhibición, está la tilma original con Su imagen impresa.

Hoy día, Nuestra Señora de Guadalupe es el símbolo poderoso y fuente de guía y protección para la gente en todas partes. Su influencia se ha extendido alrededor del mundo, donde Ella es honrada en iglesias, capillas, museos y en todas las formas de arte. Nuestra Señora de Guadalupe es la inspiración de Gloria, radiante girasol y divina madre de luz, que brotó de la tierra, esparciendo semillas de compasión, paz, y amor incondicional.

Fuente: *Nican Mopohua, documento en náhuatl del siglo XVI, se encuentra en Guadalupe: Body and Soul por Marie Pierre Colle.*

Nota del autor:
Como seguidora devota de nuestra Señora de Guadalupe, ofrezco profundo agradecimiento a Ella por ser la inspiración para este libro.

Janet Lucy, MA, is an award-winning writer and poet, and author of *Moon Mother, Moon Daughter - Myths and Rituals that Celebrate a Girl's Coming of Age*. Janet is the Director of Women's Creative Network in Santa Barbara, California, where she is a teacher, counselor/consultant, facilitates women's writing groups and leads international retreats. She has lived in Mexico, Costa Rica and Italy, connecting with the Divine Feminine in all her glorious guises and cultural richness. Janet is the mother of two radiant daughters.

Janet Lucy, MA, es una escritora y poeta galardonada, y autora de Moon Mother, Moon Daughter - Myths and Rituals that Celebrate a Girl's Coming of Age. *Janet es la Directora de Women's Creative Network en Santa Bárbara, California, donde ella es profesora, consejera, mentora; además, facilita la escritura a grupos de mujeres y conduce retiros internacionales. Ella ha vivido en México, Costa Rica e Italia, conectada a la divinidad femenina en todas sus formas gloriosas y riqueza cultural. Janet es la madre de dos hijas radiantes.*

Colleen McCarthy-Evans is an award-winning watercolorist, writer and board game inventor. She's a co-founder of the Santa Barbara Charter School, which teaches conflict resolution along with academics and the arts. She lives in Santa Barbara, California with her husband and dogs, and enjoys being in and out of the garden with her two grown sons. Her lifelong love of Latin culture has taken her on many adventures in Mexico, Beliz, Guatemala, Costa Rica, Spain and Peru.

Colleen McCarthy-Evans *es una acuarelista galardonada, escritoria e inventora de juegos de mesa. Ella es cofundadora de la Santa Bárbara Charter School, que enseña resolución de conflictos, así como académicos y las artes. Ella vive en Santa Barbara, California con su esposo y sus perros. A Colleen le encanta pasar tiempo dentro y fuera su jardín con sus dos hijos mayores de edad. Su amor de por vida por toda la cultura Latina la ha llevado a muchas aventuras en México, Belice, Guatemala, Costa Rica, España y Perú.*

Arturo Flores was born in Cuernavaca, México, and has made the United States his home for over thirty years. He is the Spanish Department Chair at Laguna Blanca school in Santa Barbara, where he teaches Spanish to middle and high school students and leads student trips to Mexico. Passionate about music, Arturo not only plays several string instruments, he makes his own guitars, ukuleles and *jaranas*, which are traditional instruments from Veracruz, México.

Arturo Flores nació en Cuernavaca, México y ha hecho de los Estados Unidos su hogar por más de treinta años. Él es el jefe del Departamento de español en la escuela de Laguna Blanca en Santa Bárbara, California donde enseña español a estudiantes de secundaria y preparatoria; además, conduce viajes con estudiantes a México. Apasionado por la música, Arturo no sólo toca varios instrumentos de cuerda, él hace sus propias guitarras, ukeleles y jaranas, que son unos de los instrumentos tradicionales de Veracruz, México.

Eva Hernandez Herrero is a Spanish biologist and nature journalist. She works on wetlands protection, as well as freshwater and agriculture policy at an international environmental NGO in Spain. She earned her Masters degree in Environmental Management and Policy (Universidad Carlos III, Madrid). She enjoyed a Fullbright scholarship at UCSB, collaborated with the Forest Service at Los Padres National Forest, and she also has family in Santa Barbara, California.

Eva Hernandez Herrero es una bióloga española y periodista de la naturaleza. Su campo de trabajo es en la protección de tierras pantanosas, así como en estrategias, normas y manejo de agua dulce y agrícolas en una ONG ambiental internacional en España. Obtuvo una maestría en gestión y manejo ambiental de la Universidad Carlos III, en Madrid. Fue recipiente de una beca completa en la Universidad de California en Santa Bárbara (UCSB), colaborado con el servicio forestal en el bosque nacional llamado Los Padres, y también tiene familia en Santa Bárbara, California.

For more information and to explore our Teacher's Guide...
Para más informacióny para explorar nuestra Guía del Profesor...
please go to/*por favor vaya a:*

www.TheThreeSunflowers.com

More books by Janet Lucy, Colleen McCarthy-Evans and Seven Seas Press
Mas libros por Janet Lucy, Colleen McCarthy-Evans y Seven Seas Press

Games for families and teachers by Colleen McCarthy-Evans
Juegos de la familia y los profesores por Colleen McCarthy-Evans

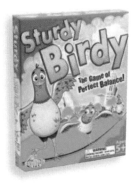

More teacher endorsements / *Más endosos del profesor*

"*Los Tres Girasoles* is a wonderfully written children's book about the inter-connectedness of all living things and how observing the natural world around us with an inquisitive spirit can lead one to find deeper meaning in life."

"Los Tres Girasoles *es un libro maravillosa para ninos que se trata de las inter-conecciones entre todas cosas vivientes y como la observacion del mundo natural alrededor de nosotros con un espiritu curioso nos puede guiar a encontrar el significado mas profundo en la vida.*"
Oscar Carmona, Owner-Operator at Healing Grounds Nursery and SBCC Professor of Environmental Horticulture

"It is a joy to find a bilingual book I can share with my Chilean/American daughters. This is an inspiring and magical tale, with beautiful watercolor illustrations."

"*Es una alegría encontrar un libro bilingüe que yo pueda compartir con mis hijas Chilenas/ Americanas. Este es un cuento inspirador y mágico, con hermosas ilustraciones de acuarela.*"
Devon Espejo, Bilingual Teacher and Mother

"For children experiencing loss, grief, and adversity, this beautiful lyrical book presents important messages of hope, gratitude and joy. It is also a wonderful tool for teaching descriptive writing, personification, and alliteration at the elementary grade levels."

"*Para niños que estén pasando por la pérdida de un ser querido, sufrimientro y adversidad, este hermoso libro lírico ofrece importantes mensajes de esperanza, gratitud y alegría. Además, es una maravillosa herramienta para enseñar la escritura descriptiva, la personificación y la aliteración en los niveles de la escuela primaria.*"
Alix Seeple, Educator

"Learn the lessons of life from a sunflower who possesses all the wisdom of a Zen master."
"*Aprenda las lecciones de la vida de un girasol que posee toda la sabiduría de un maestro Zen.*"
Paula Matthew, Author of The Indigo Wizard: The Awakening Tales

"A timely tale with an inspiring and hopeful message."
"*Un cuento oportuno con un mensaje inspirador y esperanzador.*"
Inga & Jack Canfield, Bestselling Author of Chicken Soup for the Soul Series

Made in the USA
Columbia, SC
19 November 2021

49324340R00024